U0078930

熊小呆的部落格
http://www.wretch.cc/blog/pnikbear

可不可以不勇敢

圖／文 熊彥喬

當傷痕深埋 我只剩勇敢的權利

目錄 | CONTENTS

天使 不哭

　　一場不知道怎麼發生的車禍，一睜開眼我已傷痕累累，右大腿以下完全沒有知覺，是惡夢吧？當麻醉漸漸退去。

　　我明白，這是永遠無法醒來的惡夢與現實。（祢會一直陪伴在我身邊嗎？倘若當時的我就這樣死去，能否不用再承受痛楚？）

　　如果我倔強的不讓愛我和我愛的人失望，決定勇敢的承擔這道傷口與淚水，上天您就會原諒我了吧？！

　　手術了8次，傷痕一次比一次多，這些都令我無法承受，我想擁抱20歲的腳步，將自己發揮極至，但現在的我不得不張開雙手，承擔下這道傷痕。

　　我曾經擁有一個負責的承諾，最後不得不放開雙手讓承諾自由，我知道我承擔不下負責的陪伴。

　　有一度我試著傷害自己的雙手，讓刀痕和鮮血帶我離開現實，是淚水模糊了傷痕，而不是鮮血；當所有的人都在為這樣的我哭泣，我應該好好保護他們的愛，而不是傷害。

　　傷痕會讓一個人堅強吧！

　　第8次被推入手術室時，我沒有再害怕得發抖，當閉上雙眼的那刻，我知道，再等一下下，我就能再好起來一點點了。

　　現在的我好想跟你們說說話，有悲傷得說不出口的、期望自己勇敢的、孤單的、甚至割捨一段愛的我，用灰色、堅強的文字和天真的插圖訴說。讓我跟你們說說話(畫)好嗎？

關於我…

*金牛座的七年級生，
有點多愁善感、害羞。
不知道什麼時候開始愛上畫畫，
因為當我注意到自己時，
我已經拿著畫筆，
訴說著哀愁與快樂。

*我喜歡在雨天畫畫，
因為雨有「魔法」，
它讓我靜下心來聆聽自己。

*感謝每個關心我、不曾放棄、
喜歡我的人，因為你們讓我勇敢。

第1話 ━━━━━━━━━━━━━━━━━━━━━●

命運？

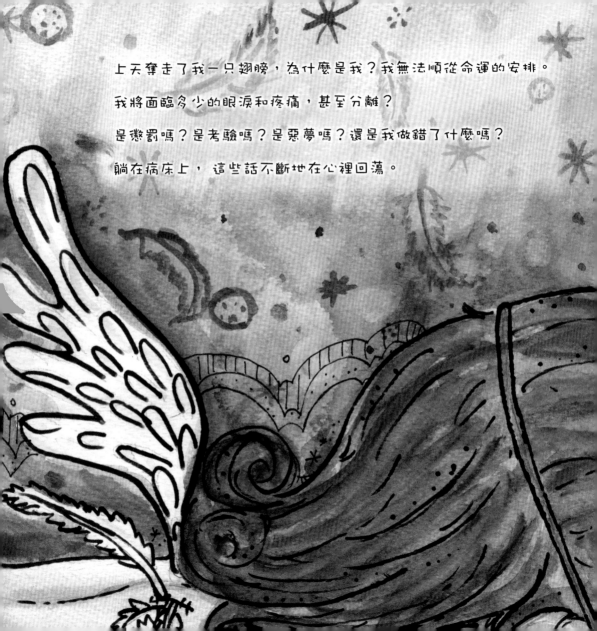

上天奪走了我一只翅膀，為什麼是我？我無法順從命運的安排。

我將面臨多少的眼淚和疼痛，甚至分離？

是懲罰嗎？是考驗嗎？是惡夢嗎？還是我做錯了什麼嗎？

躺在病床上，這些話不斷地在心裡回蕩。

雙手打了6隻針，一個禮拜開刀一至二次，我會好起來嗎？

醫生說這已經是最好的狀況了，家人說一定會好起來的，

但我已經不想相信，受傷的我真的能夠好起來了……

現在的我還剩下什麼？

我還能再為自己、為誰做些什麼？

我只剩下流淚的能力。

(我每天只能固定打6隻止痛針……)

此刻，我想好好的呼吸，好好的笑、
好好的入睡、好好的復原、好好的被愛⋯⋯我答應自己會勇敢，
讓我好起來吧！疼痛已經佔滿我生命的全部。

第2話

答案

可不可以忘記

不再承擔這傷痛

可不可以拋棄

不再背負過多的期許

可不可以不要再勇敢了？

好累……

不知道還要留下多少傷痕才能痊癒？

小小的一顆心還要承受多少痛？

悲傷該怎麼化為力量？期望怎麼都變成失望？

傷疤該怎麼全部淡化？要哭濕幾顆枕頭，

才能將所有不愉快消除？你能給我答案嗎？

除了勇敢……

心痛時該怎麼保持微笑？難過時該怎麼說我很好？

想哭時該怎麼讓眼淚慢點流下？傷痕疼痛時該怎麼忍耐？

怎麼堅定找出這所有答案？

我被困在有點腐爛的十字路口裡，

只要勇敢承擔下命運的腐蝕才能繼續前進，

但為什麼要用殘缺與傷痕來呈現？

為什麼要懲罰我？我有乖乖的呀！

淚快流乾了，心倦了、空蕩蕩的了，怎麼眼前一片漆黑？

已經看不見未來的路，
我該何去何從？

第3話

失

我遺失了心、遺失了笑容、遺失了快樂、
遺失了勇氣、遺失了美好、遺失了重要的位置，
剩下的寂寞和眼淚，怎麼也遺失不掉。

夜裡,

天使送來了另一只遺失的翅膀給我,

卻忘了教我如何飛翔。

把眼淚藏在手心裡
悲傷也藏在手心裡
是拳頭握得不夠緊嗎
我明明已用盡了力氣
怎麼也藏不住全部呢

不敢再看自己了，我已經不再完整了。

我輕輕閉上眼，不願看見現實在身邊；

我偷偷掉下淚，現實刺痛了我的心。

第4話

期望

我想消失了

但不是想死亡

只是想暫時的不見

不想有疼痛的感覺

殘缺的現實、悲傷的眼淚

寂寞的陪伴…

我只想好好的睡一覺

我在堅強的笑著

我在努力的撐著

我在勇敢的活著

我試著不因傷痛而哭泣

所以～別再傷害我了好嗎

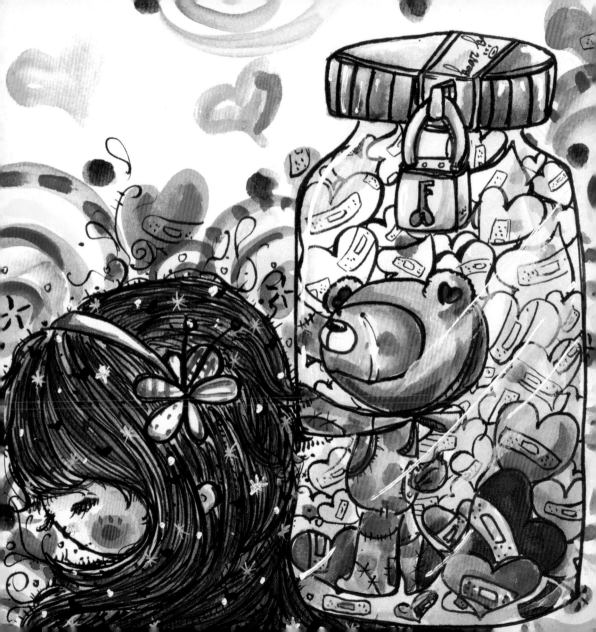

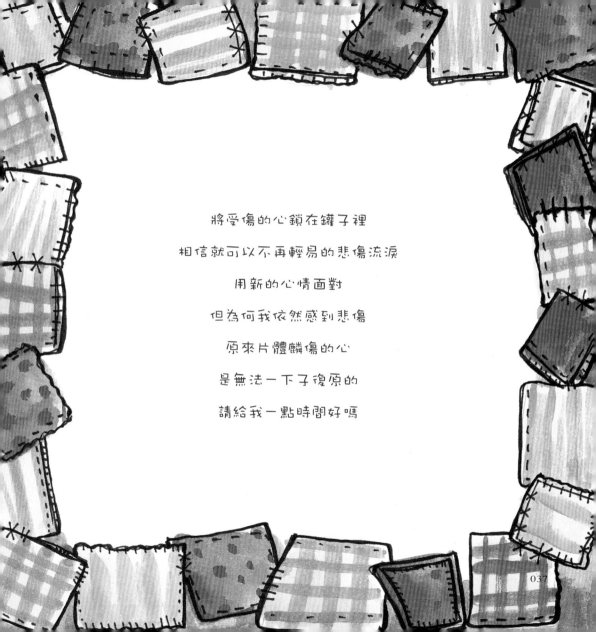

將受傷的心鎖在罐子裡

相信就可以不再輕易的悲傷流淚

用新的心情面對

但為何我依然感到悲傷

原來片體鱗傷的心

是無法一下子復原的

請給我一點時間好嗎

能不能給我一個擁抱，讓心溫暖？

能不能給我的努力一點讚許？

現實真的太殘忍，連一點肯定都不願給予。

我跳起來了吧！？

我想實現你們對我的期望。

傷痕會讓一個人堅強吧！？

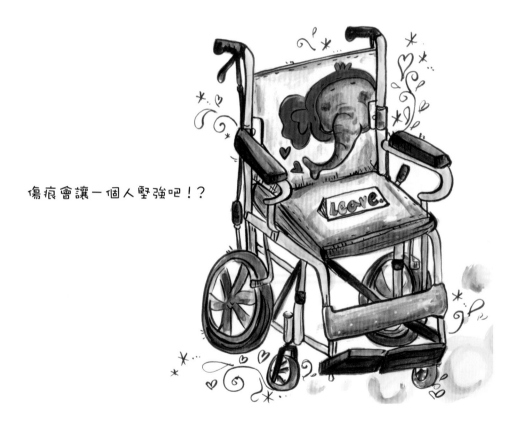

第5話

我愛你倆

有好長一段時間
看不見外面的天空
就連陪在我身邊的你們
都讓淚水變得
霧霧的了

親愛的爸爸，倘若沒有您陪伴在身旁，

我想我早已經放棄這樣的自己，消失不見。

親愛的媽媽，謝謝妳包容我的淚水和任性，有妳真好。

親愛的姐姐，請原諒我不小心佔用太多爸媽的愛，我愛妳。

我問，可以先放慢腳步嗎？

我知道不可以，

因為不會有人為了我

也放慢腳步。

我問，可以哭哭嗎？

我知道不可以，

因為我只能微笑和勇敢。

我問，努力的終點是什麼？我知道不能問，因為誰也不知道。

我問，另一邊的翅膀何時才能長得完整？我知道不能問，因為事實很殘忍。

我問，手心裡的眼淚該往哪裡藏？我知道你們正在陪著我一起承擔。

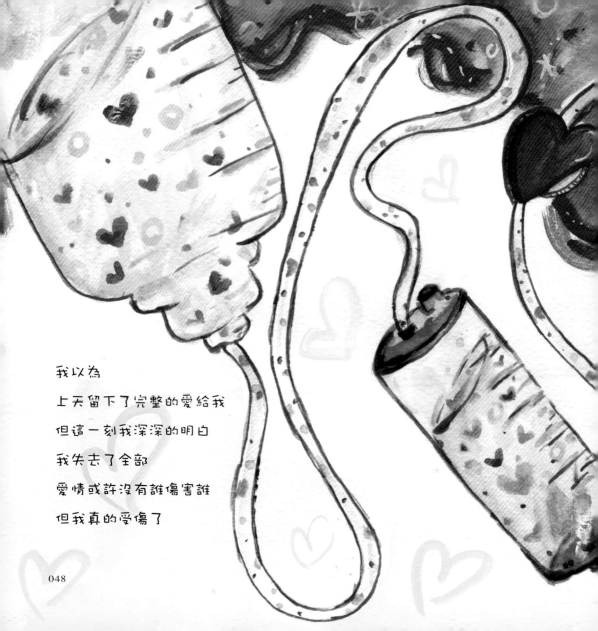

我以為
上天留下了完整的愛給我
但這一刻我深深的明白
我失去了全部
愛情或許沒有誰傷害誰
但我真的受傷了

不是只要好好的守護
這道傷口就能復原
但為何又再我心上
狠狠地再劃道傷口
我失去了一份愛……

對不起我在哭泣　就算周圍有再多的愛

淚腺就像破洞般無止盡的流下

請暫時讓我哭泣吧　我的心又受傷了　當你離去

忘了是誰先離開了誰？忘了誰沒有實現承諾？

是誰給予了分離？給予這道傷口？

是考驗嗎？但我真誠的愛還在。

很容易從開心變傷心，是否太在乎變化太快的心；
要怎麼平撫痕跡，我想需要時間平息吧，
羨慕天空可以勇敢的哭泣，微笑過後只剩空虛，
太牽強的付出只有淚滴，需要的真的不多，
只是一點點幸福的氧氣。

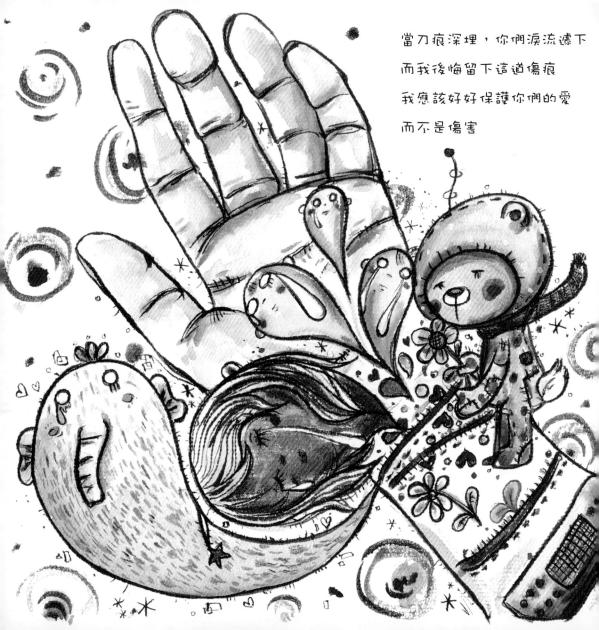

當刀痕深埋，你們淚流遽下
而我後悔留下這道傷痕
我應該好好保護你們的愛
而不是傷害

第6話

傷害

要怎麼停止心痛？我以為只要再傷害自己就可以

這一刻
心是否還呼吸著
眼淚是否已填滿了眼眶
當分離的話說出口

我的心還摟著那片棲地

我已離去

心卻只能慢慢死去

給予的愛太多

心也有墜毀的時候

我曾想訂做一雙翅膀追隨即將逝去的愛情

想幻化成羽毛跟隨身邊

但我擁有的不是翅膀，而是失去和殘缺

不後悔為愛付出，不後悔為愛受苦，不後悔為愛等待

這就是愛情，然後呢？當傷害已經造成……

第7話

沈

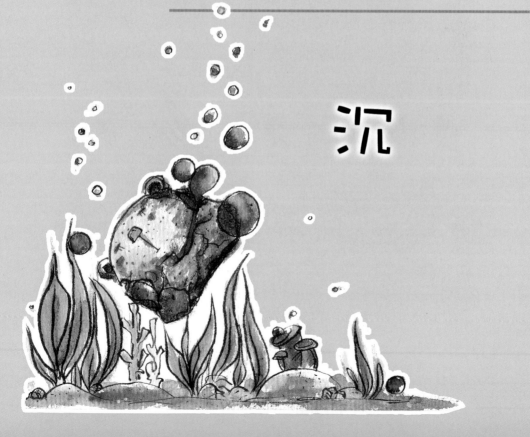

我的心擱淺了，隨著美好，愛情…現在只需要輕輕閉上眼 。

還有許多話沒有道盡
能否靜靜聆聽；身旁的愛已離去
讓話語沈入心底

好冷

在手心裡

在懷裡

在你心裡

她跟天使做了個約定

祂答應會給予勇敢、降臨幸福

祂失約了嗎？

．．．．．．．．．

這世界總隱藏著善意的謊言

疼痛不可怕，可怕的是留下來的傷疤

悲傷不可怕，可怕的是殘留下的傷害

離開不可怕，可怕的是他的遺忘

我的心，將在不屬於我的地方往下沉，開始寂寞。

第8話

現實

我放開雙手，讓承諾自由了。

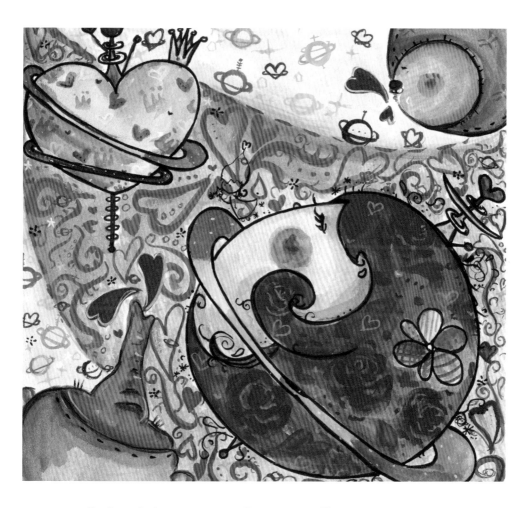

愛情所懷念的，或許只是他剛開始愛上我的那一瞬間

原來每一段相遇也代表每一段分離，而我太晚明白

沒事的

只是愛情不小心跌倒了

卻還沒有足夠的力氣爬起來

沒事的

我想計畫遠行，暫時遺忘思念
但你倆都明白
想去的地方叫逃避

緊握拳頭，忍住淚水，給予甜美的微笑

想讓自己看起來好好的，當突如其來的相遇

我在倒立，在你面前

倔強的不讓眼淚流下

我使出全身的力氣倒立

看見彩虹在微笑

雖然還會有點難過，不用擔心

我有用不完的堅強

當他假裝已經忘記了你

當他假裝所有的事都已平息

當他假裝還能成為朋友

當他假裝對妳的傷害已不存在

那我也假裝勇敢吧！

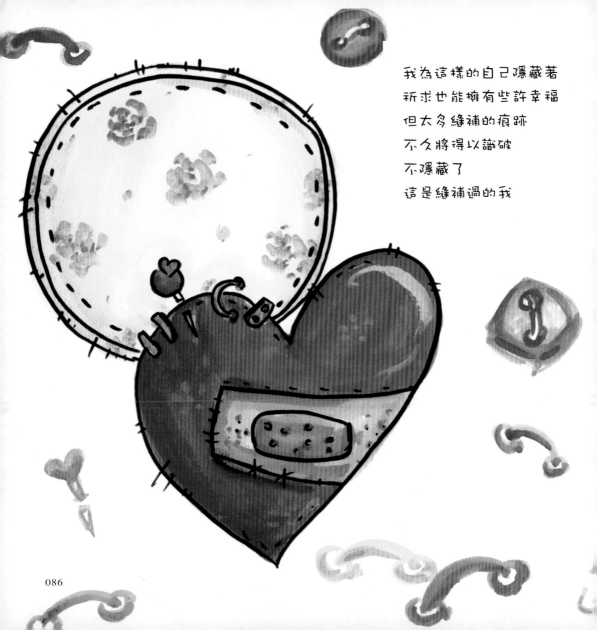

我為這樣的自己隱藏著
祈求也能擁有些許幸福
但太多縫補的痕跡
不久將得以識破
不隱藏了
這是縫補過的我

親愛的　我願意等你正在努力的事　陪你度過悲傷
願意給予不添加太多甜度的愛
但親愛的 當我已習慣自己包紮傷口　那你還會出現嗎？
當我已習慣　獨自哭泣　那你還會出現嗎？
當我已習慣　空蕩的手 那你還會出現嗎？
當我已經習慣　當電燈泡　那你還會出現嗎？

你能承受我所承受的醜陋嗎？你願意接受我慢慢滾動付出的真心嗎？

你將出現在我的世界裡嗎？我是否永遠無法知道你是誰？

我還有資格愛人與被愛嗎？真正的傷口，只有愛和真心才能治癒

第9話

往前飛

在我面對傷痛之後，能不能告訴我

我很勇敢，上天您已原諒了我

忍受疼痛、忍受悲傷、忍受殘缺

忍受傷害、忍受心痛、忍受分離

現在唯一的辦法就是咬緊牙根往前飛

我相信剩下一只翅膀的我也能擁有些什麼

現在自己就像嬰兒般的學習前進　學著怎麼踏出每個步伐

偶爾會跌倒　任性　失望　哭泣

但我有再爬起來的勇氣　因為我想再看看這世界多一點

將美好凍結就不會消失了
讓悲傷沉睡
就不會莫名哭泣了
將思念凍結就不會心痛了
讓疼痛沉睡
就可以走下一步了

讓不愉快的故事消失殆盡，有時候我希望我的故事能再重來一次
看似美好的外表裡，其實暗藏著看不見的傷害；總是想呈現完整的我
卻隱藏著大小不一的傷痕；不想欺騙，卻又害怕呈現；不奢求接受
卻又想擁有美好。就讓這些假裝…嚕嚕地沉沒吧！假裝自己將從新開始

天使正在努力的飛翔 飛出絕望

第10話

介紹

在天空自由自在飛翔的我

忘了好好保護自己

墜落的瞬間 從此失去了一只翅膀

我失去了全部

漫無目的的在傷痕中旅行 尋找快樂

旅途中，遇見了正在向我求救的「內心熊」

牠跟我一樣傷痕纍纍，牠也想尋找快樂

於是我們決定一起旅行

我們都缺少勇氣

一次次的考驗

留下的只有淚痕與傷痕

我們沒有勇氣再繼續往前

甚至想結束生命

旅行的終點是什麼

誰也不知道

但只要具備足夠的勇氣和真心

或許像我這樣殘缺的人

也能擁有些什麼吧

我明白，伴隨我的會是

考驗、眼淚、真心和勇氣

第11話

負責

我捧著厚厚的寂寞
平靜地向前走去
讓風將所有的寂寞帶走
然後展開笑容開始學會快樂
就算笑容是僵硬的
就算寂寞依然存在
就算忘了快樂在哪裡
就算只有眼淚是真實
我都要學會快樂

111

其實想念深深的刺痛我的心

那曾經擁有的美好和完整

讓我深深依戀

但我決定習慣這疼痛

這股勇氣能讓我繼續尋找失去的快樂

我還能這般的笑著嗎

是誰把笑容偷走了

能不能陪我找回來

這次，我會勇敢的帶著笑容前進

孤單快令我沉沒

傷痕令我寂寞

我想快點好起來

為寂寞負責

無論身在何處，和誰相遇

我若不能接受自己殘缺的事實

就無法向前邁進了

唯有承受悲傷
才能再感受幸福的光線

120

我還要再承擔多少悲傷呢
陪著我的你們辛苦了

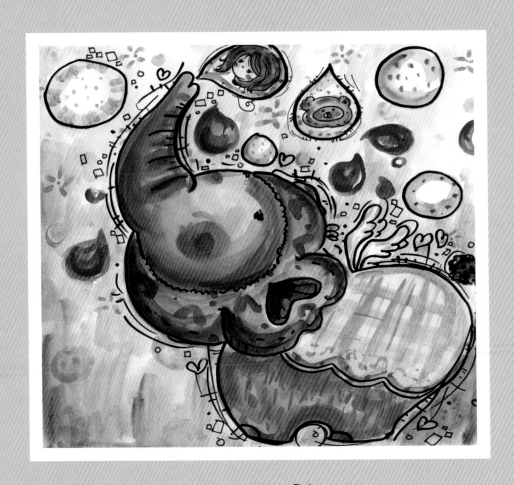

上天賦予我們勇氣

「勇氣」說：他將伴隨著我們去旅行

第 12 話

勇 氣

我難過得喘不過氣　有時太過勇敢還是會失去

有時忘記自己在害怕什麼　但我的傷口需要勇氣

124

我的世界不小心下了傾盆大雨　我試著閉上眼睛摀住耳朵
不再看見已不屬於我的花朵　不想聽到所有傷人的話　只剩下堅強

當傷口淡化成傷痕

傷痕轉變成傷害

傷害將永遠存在

存在著淚水和堅強

像我這樣的人　剛好不住在幸福的國度裡

不知道何去何從　只能走一步算一步

但這樣沒什麼不好　我能慢慢地去旅行　相遇　努力

我正在用理直氣壯的態度
面對受傷的自己和人群
如果不這樣　我一定會
害羞得無法接近你們

129

沒關係，將受傷的心縫補起來就好了
不要緊的，將受傷的勇氣縫補起來就好了，我可以的
只要不去計較這些傷痕，我也可以好好的

第13話

感謝

我收到了好多滿滿的愛和鼓勵
要我別放棄，要我勇敢，這股力量正緩緩的推著我向前進

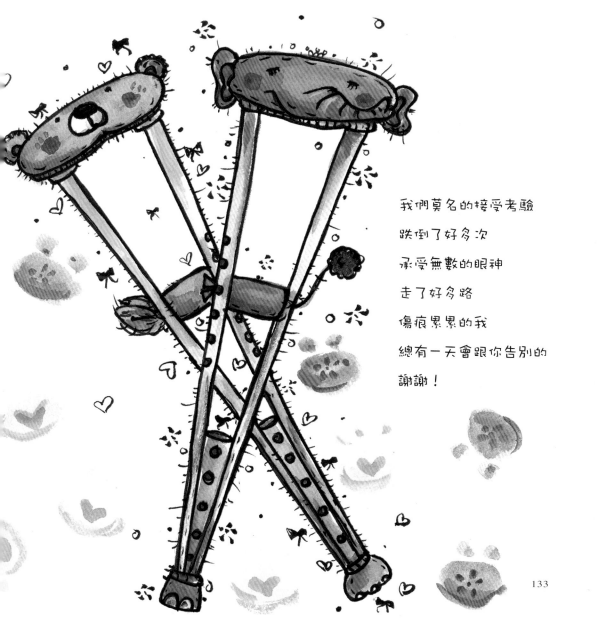

我們莫名的接受考驗

跌倒了好多次

承受無數的眼神

走了好多路

傷痕累累的我

總有一天會跟你告別的

謝謝！

133

那天，他突如其來的給了我一點小小動力
說：「打起精神來吧！」謝謝你

今天是雲的聚會
我要求它們讓我加入
風替我拭去了淚水
帶我到能看見你們的地方
謝謝你們來看我

135

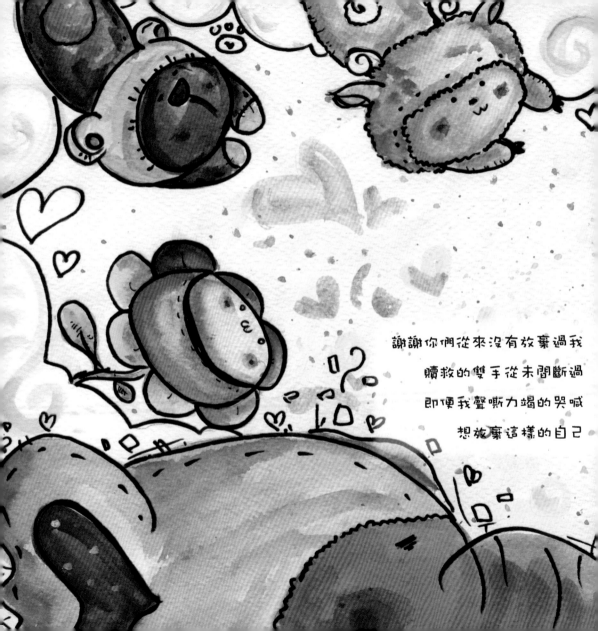

謝謝你們從來沒有放棄過我
贖救的雙手從未間斷過
即便我聲嘶力竭的哭喊
想放棄這樣的自己

我擁有上萬顆星星般的溫暖，陪伴我身旁；所以，為傷痕負責

為愛我的家人活下去，為所擁有的而努力，為自己勇敢

第14話

真心

我不奢求太多

只要一點點的甜度就夠

我不奢求太多

只要一點點的幸福就夠

我不奢求太多

只要每天再好起來一點點就夠

就算是處在脫軌的人生裡

有時也能發現到小小的幸福

快樂其實渺小得讓我難以尋找

或許現實真的太殘忍　給予的傷口無法痊癒

當疼痛也已變成習慣

不過我很珍惜小得微不足道的快樂

我用溫柔的方式表達寂寞

靜靜的聆聽心裡想說些什麼

默默的等待一個能了解

看得見真心的人

有時自己不再怎麼填補
內心的不安與空洞
不管再怎麼努力讓心完整
心裡總有個缺口
不過慶幸的是我真誠的愛
依舊被我保護得很好

每個人都有想守護的東西

現在我想守護我的夢想

這裡沒有傷害

只有看得見的真心

這裡沒有為了利益的吵雜，沒有虛假

世界非常美好，就在我做白日夢的時候

這裡有現實、有傷痕、有勇敢、有堅強

有失望、有等待、有眼淚、有感謝

有我真誠的愛，就在我醒來的時候

153

不知道流過多少眼淚
我才能笑笑地訴說這些
不知道留下多少傷痕
我才能擁有一點幸福
不知道扛下多少悲傷
我才能勇敢前進
不著急、不貪心、不放棄

不管心裡有多少縫補過的痕跡

我都要用最真誠的心面對自己

這是我，少了一只翅膀的我
想飛的我、有點悲傷的我
想要完整的我、很容易因感動而哭泣的我
也想要喜歡人的我、害羞的我、安靜的我
有很多缺陷的我、想為你們做些什麼的我
不敢期待太多的我、喜歡畫畫的我
希望大家能接受，謝謝！

國家圖書館出版品預行編目資料

可不可以不勇敢 ／熊彥喬,. -- 第一版. --
臺中市：十力文化，2008.12
面；公分
ISBN 978-986-84236-5-7（平裝）
855   97021289

可不可以不勇敢

圖 & 文　熊彥喬

責任編輯　林子雁
封面設計　劉鑫鋒
封面製作　陳鶯萍
行銷企劃　黃信榮

發 行 人　劉叔宙
出 版 者　十力文化出版有限公司
通訊地址　台北郵政93-357信箱
電　　話　（02）8933-1916
網　　址　www.omnibooks.com.tw
電子郵件　omnibooks.co@gmail.com
公司地址　台中市南屯區文心路一段186號4樓之2
統一編號　28164046

劃撥帳號　50073947
戶　　名　十力文化出版有限公司

ISBN　　978-986-84236-5-7

出版日期　2009年元月
版　　次　第一版第一刷
書　　號　X901
定　　價　220元

熊小呆的部落格
http://www.wretch.cc/blog/pnikbear